Sylvain

du poisson d'or

Illustrations
de Suzane Langlois

la courte échelle
Les éditions de la courte échelle inc.

Les éditions de la courte échelle inc.
5243, boul. Saint-Laurent
Montréal (Québec) H2T 1S4

Conception graphique de la couverture:
Elastik

Conception graphique de l'intérieur:
Derome design inc.

Mise en pages:
Mardigrafe inc.

Révision des textes:
Sophie Sainte-Marie

Dépôt légal, 3e trimestre 2001
Bibliothèque nationale du Québec

La courte échelle reconnaît l'aide financière du gouvernement du Canada par l'entremise du Programme d'aide au développement de l'industrie de l'édition pour ses activités d'édition. La courte échelle est aussi inscrite au programme de subvention globale du Conseil des Arts du Canada et reçoit l'appui du gouvernement du Québec par l'intermédiaire de la SODEC.

La courte échelle bénéficie également du Programme de crédit d'impôt pour l'édition de livres — Gestion SODEC — du gouvernement du Québec.

Données de catalogage avant publication (Canada)

Trudel, Sylvain

Le voleur du poisson d'or

(Premier Roman; PR113)

ISBN 2-89021-542-3

I. Langlois, Suzane. II. Titre. III. Collection.

PS8589.R719V64 2001 jC843'.54 C2001-940761-0
PS9589.R719V64 2001
PZ23.T78Vo 2001

Sylvain Trudel

Sylvain Trudel est né à Montréal en 1963. Après des études en sciences pures, il plonge littéralement dans l'écriture. C'est ainsi que naîtront des nouvelles, un conte et des romans.

Plusieurs de ses romans jeunesse, publiés dans la collection Premier Roman, ont été sélectionnés à maintes reprises, tant au Québec qu'en Europe, pour de multiples prix, dont le prix Saint-Exupéry pour *Les dimanches de Julie*. En 1998, la Fondation Espace-Enfant, en Suisse, a créé spécialement pour lui le prix Village du livre pour *Le grenier de Monsieur Basile* et l'Office des communications sociales lui a remis un prix pour *Le roi qui venait du bout du monde*. La même année, il était finaliste au prix Québec/Wallonie-Bruxelles pour deux de ses livres. Sylvain Trudel écrit également des romans et des nouvelles pour les adultes. Il a d'ailleurs gagné, en 1987, le prix Canada-Suisse et le prix Molson de l'Académie des lettres du Québec pour son roman *Le souffle de l'Harmattan* et, en 1994, le prix Edgar-Lespérance pour son recueil de nouvelles *Les prophètes*.

En plus d'écrire, Sylvain est un vrai amoureux de la nature. Son passe-temps favori, c'est la marche par grand soleil ou sous la pluie. Il aime beaucoup voyager pour le plaisir de se dépayser et de découvrir d'autres univers, comme ce village inuit où il a vécu pendant un an.

Suzane Langlois

Née en 1954, Suzane Langlois a étudié l'illustration et le graphisme à Hambourg, en Allemagne. Depuis, elle a illustré des pochettes de disques, des romans et des manuels scolaires pour différentes maisons d'édition du Québec, du Canada, d'Europe et même du Japon.

Aujourd'hui, Suzane se consacre à l'illustration ainsi qu'à l'animation de cours de peinture pour les jeunes. Le reste du temps, elle peint et elle danse. Elle adore aussi voyager: c'est pour elle une source d'inspiration inépuisable!

Du même auteur, à la courte échelle

Collection Albums

Série Il était une fois:

Le grand voyage de Marco et de son chien Pistache

Collection Premier Roman

Le monsieur qui se prenait pour l'hiver
Le garçon qui rêvait d'être un héros
Le monde de Félix
Le roi qui venait du bout du monde
Le grenier de Monsieur Basile
Les dimanches de Julie
Le royaume de Bruno
L'ange de Monsieur Chose
Une saison au paradis
Yan contre Max Denferre
Des voisins qui inventent le monde
Un secret dans mon jardin

Sylvain Trudel

Le voleur du poisson d'or

Illustrations
de Suzane Langlois

la courte échelle

1
Qui a peur des crapauds et des sangsues?

Je m'appelle Nicolas et j'ai les joues lisses comme la lune.

— Papa, à quoi ça sert, une barbe?

— Ça ne sert à rien.

Mon père, c'est un homme: il se rase tous les matins.

— Pourquoi te rases-tu, papa?

— Pour être beau.

Mon père serait beau même avec une barbe, mais ma mère trouve que ça pique trop.

Mon grand-père Norbert, lui, il a une barbe, et pourtant c'est un barbier! Il me demande souvent:

— Quand tu seras grand, feras-tu le même métier que moi?

— Non, grand-papa. Moi, je serai astronaute.

Mon grand-père est un artiste du ciseau. Son instrument fait clic! clic! et mes frisettes roulent sur le plancher. À la fin, je sens bon et je suis mignon.

Mon père, lui, fait du commerce avec sa cravate.

— Plus tard, vendras-tu des autos, comme moi, mon garçon?

— Non, papa. Plus tard, je serai savant ou professeur.

Quant à ma grand-mère Irène, elle lit l'avenir dans les planètes et les étoiles.

— Aimerais-tu devenir astrologue, comme moi?

— Non, grand-maman. Je deviendrai plutôt astronome.

Moi, je suis du genre scientifique avec mes lunettes. Je ne crois pas à l'horoscope ni aux légendes. Un jour, par exemple, j'ai osé embrasser un crapaud.

— Beurk! hurlaient mes amis. Tu vas attraper des maladies!

— Tes dents vont tomber! Ta langue va pourrir!

Mais je n'ai eu ni plaie ni verrue. Rien. J'ai prouvé que les crapauds sont des êtres charmants et inoffensifs.

Un vendredi treize, je suis passé sous une échelle avec un chat noir dans les bras. Mes amis étaient horrifiés.

— Tu es fou! Il va t'arriver mille millions de malheurs!

Pourtant, rien de terrible ne s'est produit. J'ai prouvé que ces histoires de vendredi treize, de chats noirs et d'échelles sont des sornettes. Des légendes. De la bouillie pour les chats!

À cause de mon entêtement, ma grand-mère me trouve un peu orgueilleux.

— Petit vaniteux! Tu veux toujours avoir raison!

Je suis comme ça. Je n'ai pas peur des chauves-souris, ni des couleuvres, ni des araignées, ni des rats. Et je me suis toujours aventuré dans la forêt.

— N'y va pas! me supplie ma soeur. Il y a des loups-garous et des vampires dans les bois! C'est plein de vilaines bêtes…

Pauvre Charlotte! Si elle savait que j'adore pêcher des sangsues dans les lacs, elle s'évanouirait d'horreur.

Les soirs d'été, quand je rentre avec mes bestioles, je m'arrête d'abord à l'hôpital. Là, le docteur Beaulieu me reçoit.

— Beau travail, Nicolas, beau travail.

Il compte les sangsues qui grouillent dans mon pot et il me les achète. Il s'en sert pour soulager l'enflure des patients.

Une fois, en sortant de l'hôpital avec mon épuisette, j'ai croisé des amis dans la rue. Ils avaient ramassé des bouteilles dans les fossés pour les vendre à l'épicerie.

— Combien d'argent avez-vous eu? ai-je demandé.

— Cinquante sous pour dix bouteilles. Et toi?

Moi, j'ai tiré de ma poche un magnifique billet de vingt dollars. Les yeux de mes copains brillaient d'admiration!

— Eh oui!... Vingt dollars pour dix sangsues... C'est la vie!

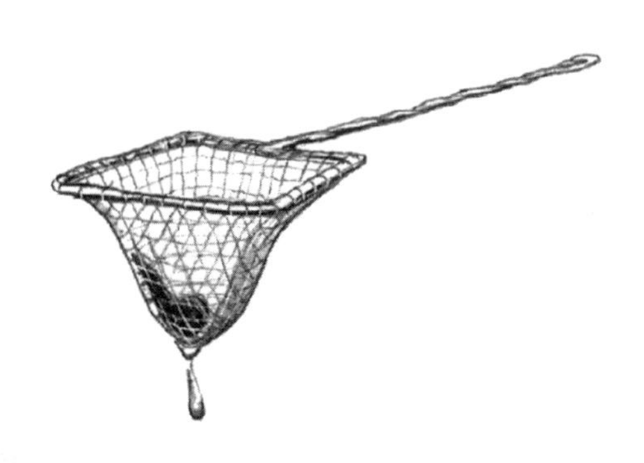

2
Le pommier dans la petite fille

Nos grands-parents, Irène et Norbert, vivent au-dessus de chez nous. On les entend marcher sur nos têtes.

Le dimanche, ma soeur et moi montons déjeuner avec eux. Grand-papa nous fait rire: il cogne ses oeufs à la coque sur son crâne pour les écaler.

— Norbert! Ce ne sont pas des trucs à montrer aux enfants!

Mon grand-père ricane et nous lance des clins d'oeil. Il aime à faire enrager grand-mère Irène qui, elle, se fâche pour des riens.

— Ma petite soupe au lait adorée, lui souffle mon grand-père. Tu es encore plus belle quand tu es en colère!

Ma grand-mère va bouder

dans un coin, avec son chat sur ses genoux.

Il s'appelle Charbon, ce chat, et il est noir. C'est avec lui que je suis passé sous une échelle un vendredi treize. Il grimpe partout, escalade les étagères, s'endort au sommet des armoires.

Je me rappelle un dimanche où grand-maman grondait grand-papa. Rouge de colère, elle avait remplacé un oeuf à la coque par un oeuf cru. Et grand-papa s'était écrabouillé l'oeuf sur la tête!

Il avait du blanc d'oeuf plein les cheveux, des morceaux de coquille sur les lunettes. Le jaune lui coulait le long de la joue.

— Ça t'apprendra à ne plus m'énerver, soupe aux pois!

Ils sont drôles, nos grands-parents: ils se traitent de soupe au lait et de soupe aux pois. Pourtant, ils s'ennuient l'un de l'autre quand ils sont séparés.

Ma soeur et moi, nous ne nous disputons jamais. Heureusement, car nous partageons la même chambre. Charlotte a six ans et elle fait des cauchemars, mais je suis là pour la consoler.

Une nuit où elle pleurait, je me suis agenouillé à son chevet.

— Si tu te rendors bien, j'attraperai les petits «z» qui sortiront de ta bouche.

Charlotte s'est calmée et a fermé les yeux en souriant. Au matin, elle a découvert des petits «z» sur son oreiller. Des lettres de carton que j'avais découpées pour elle durant la nuit.

— Tu les as attrapés comment, les petits «z» de ma bouche?

— Avec mon filet à papillons. Un jour d'été, ma soeur a perdu son cerf-volant dans le ciel. Elle pleurait et je lui ai chuchoté:

— Des enfants du bout du monde retrouveront ton beau cerf-volant. Il sera collé comme un timbre sous un nuage de pluie.

À ces mots, Charlotte a souri.

Un jour d'automne, elle a accouru vers moi en sanglots.

— Nicolas! Je vais mourir!

Elle avait avalé un pépin en croquant dans une pomme.

— Le pépin va devenir un pommier dans mon ventre! Je vais mourir toute déchirée par les branches!

— Ce n'est rien, Charlotte, calme-toi. Je vais te guérir.

Je lui ai fermé les yeux pour lui faire avaler un brin d'herbe.

— Tu viens de manger une petite chenille, lui ai-je fait croire. La chenille va dévorer les feuilles du pommier dans ton ventre. Et

c'est le pommier qui va mourir, pas toi.

— Oh! Tu m'as sauvé la vie!

Je suis heureux de voir Charlotte heureuse. Je suis bien quand elle dort bien et qu'elle rêve à des choses douces.

3
Le bonheur total

Ce que j'aime le mieux dans la vie, c'est jouer aux explorateurs dans la forêt. C'est ainsi que j'ai découvert une mine d'or abandonnée dans les montagnes.

L'hiver, j'y conduis tous mes amis éblouis. À l'intérieur de la mine, le sol est glacé et nous pouvons patiner dans les galeries!

C'est beau de voir la lumière des lampes de poche sur les murs étincelants. On se croirait entourés d'étoiles, et nos lames de patins font des éclairs.

Après avoir joué dans la mine, nous escaladons la montagne

pour dévaler l'autre versant sur nos traîneaux.

— Attachez bien vos tuques! On va débouler!

Les luges décollent plus vite que des flèches. Nous glissons à une vitesse folle, zigzaguant entre les sapins.

Le vent nous gèle les yeux et la neige nous fouette le visage!

Au bout de la descente vertigineuse, nous atterrissons, pêle-mêle, dans un mur de poudre. Étourdis par le carambolage, nous démêlons bras et jambes dans de grands éclats de rire.

— Oh là là! Ça défrise les sourcils, une telle dégringolade!

Tout en secouant les flocons de nos manteaux, nous apercevons un chalet entre les arbres.

— Allons saluer ma tante Lili et mon oncle Dédé, dis-je.

Lili et Dédé vivent au fond des bois avec leurs deux chiens, Tant-Mieux et Tant-Pis.

— Salut, les gars! s'écrie mon oncle.

— Entrez! s'exclame ma tante. Venez vous réchauffer!

Mes copains sont timides, mais Dédé et Lili sont gentils comme des coeurs. Leurs chiens

adorent la visite et nous lèchent la face. Ils mordillent nos bottes et nos mitaines.

Lili nous offre des brioches et du chocolat chaud, tandis que Dédé nous raconte des histoires:

— Un hiver, il a fait si froid que les oiseaux gelaient dans le ciel... Un été, un petit hibou est né dans la cheminée... Une nuit, des morceaux d'étoile filante sont tombés sur le chalet...

Plus tard, ils nous ramènent à la maison dans leur vieux camion. Mes amis et moi sommes assis sur la plate-forme arrière, avec les chiens qui jappent. Le camion roule en pétaradant sous les sapins enneigés.

C'est le bonheur total! La gaieté de mes amis me fait chaud au coeur, même en hiver.

Un jour, quand Charlotte aura grandi, je l'emmènerai courir les forêts et les montagnes. Je la guiderai jusqu'à un lac habité par des tortues. Je lui montrerai le marais où se baigne un vieil orignal à barbichette.

Je lui ferai voir des barrages de castors, des grottes de chauves-souris et des nids d'aigles.

L'hiver venu, je la conduirai à la vieille mine d'or.

Nous irons en raquettes dans la montagne du Diable, où je connais une autre merveille. Un gros trou noir dans la neige, d'où sort de la vapeur.

Je lui dirai tout bas:

— Ce trou dans la neige, c'est la tanière d'un ours. Et la fumée, c'est la chaleur de l'animal qui monte au ciel.

Oui, je lui ferai aimer la forêt et elle n'aura plus peur de rien. Elle ne fera plus de cauchemars. Il n'y aura plus de vampires ni de loups-garous dans ses rêves.

Le matin, je verrai briller ses yeux.

— Partons, Nicolas! Allons dans la montagne! Emmène-moi patiner dans la mine d'or!

4
L'or des fous

Une journée d'été, alors que je pêchais dans un ruisseau, une voix m'a fait sursauter.

— Salut, fiston! Ça mord?

Je me suis retourné vers un grand vagabond tout maigre et vêtu de guenilles. Un petit chien jaune à trois pattes le suivait.

— Euh... oui... ça mord assez...

Je lui ai montré les truites au fond de mon seau. L'homme en avait les yeux mouillés et j'ai compris qu'il était affamé.

— Si vous voulez, je peux faire du feu pour griller les poissons.

— Oh oui! Merci, mon garçon! J'ai si faim.

Le pauvre homme était tout crasseux et son chien sautillait sur son unique patte avant.

— Je m'appelle Nicolas, et vous?

— Janvier Guillemette. Oui, Janvier, comme le mois, et Guillemette, comme des guillemets. Et mon chien s'appelle Pastille.

— Quel malheur lui est-il arrivé?

— Il a glissé sous un train et les roues lui ont coupé la patte.

Assis dans les pissenlits, Pastille remuait la queue. Il avait de beaux yeux noirs en boutons de culotte. Il se pourléchait les babines en reluquant les truites.

— Il a l'air gentil.

— Il est drôle et affectueux, mon Pastille. C'est mon seul ami.

M. Guillemette et son chien ont dévoré les truites. Ensuite, ils se sont couchés dans l'herbe pour se reposer.

— Depuis quand vagabondez-vous sur les chemins?

— Oh! Depuis des mois!

— D'où venez-vous? Où allez-vous?

— Je viens de nulle part et je vais n'importe où. Je dors sous les ponts, je mange des feuilles et je bois la pluie. Je parle avec le vent et le soleil. La nuit, la lune est ma veilleuse et les nuages sont mes rêves.

— Vous devez être malheureux.

— Je suis triste, oui. Je suis pauvre et seul, mais je ferai fortune un jour. D'ailleurs, il paraît qu'il y a de l'or, par ici.

En disant cela, il a tiré de sa poche une pierre scintillante.

— J'ai trouvé cette roche ce matin. Je suis peut-être riche!

— Ça m'étonnerait, monsieur. Ce n'est qu'une roche brillante, c'est tout. Du faux or. Ici, on appelle ça «l'or des fous».

— Menteur! C'est pour voler mon or que tu me traites de fou!

— Pas du tout! Il y avait bien de l'or, autrefois, mais il n'y en a plus. Toutes les mines ont été abandonnées!

À ces mots, son regard s'est assombri et sa voix a trembloté.

— Dans ce cas... je serai pauvre éternellement...

Le visage dans le pelage de Pastille, l'homme a laissé tomber sa pierre et s'est mis à pleurer.

— Je suis seul... Je n'ai pas de maison... rien à manger... pas

de famille… Je cherche le bonheur, et personne ne m'aime!

— Monsieur, voyons… Ne pleurez pas…

Je me suis approché de lui pour ramasser sa pierre.

— Tenez, monsieur Guillemette. Gardez votre roche. Je dois me tromper. Il y a sûrement un peu d'or dedans.

Il pleurait toujours et semblait désespéré. Il fallait que je fasse quelque chose pour lui.

Tout à coup, une idée m'est venue.

— Levez-vous, je vous en prie. Venez avec moi.

Il a pris Pastille dans ses bras et il m'a suivi en reniflant.

Une heure plus tard, nous sortions de la forêt pour entrer dans notre petite ville.

— Soyez le bienvenu à Saint-Ange-des-Monts, monsieur.

— Je te remercie, mon garçon.

Des yeux nous épiaient aux fenêtres des maisons. Les automobilistes ralentissaient pour

nous dévisager. Les gens se demandaient ce que je fabriquais avec ce vagabond.

Peu de temps après, nous frappions chez le curé.

5
Le bonheur et les bouteilles vides

À ma grande joie, M. le curé a adopté M. Guillemette et Pastille.

— J'avais justement besoin d'aide pour entretenir mon église!

M. Guillemette, lui, était heureux d'avoir un toit.

— Et je veux apprendre à jouer de l'orgue, disait-il.

Je lui rendais souvent visite après l'école. M. le curé lui avait arrangé une chambre dans le clocher de l'église.

— Je vis dans la musique des cloches, s'émerveillait M. Guillemette.

Content de sa nouvelle vie, il s'était fait beau et avait jeté ses vieilles guenilles. Malgré cela, les gens parlaient dans son dos.

— M. le curé a engagé un vagabond! Un étranger!

— C'est un voleur! Un paresseux!

Je bouillais de colère devant ces bavardages.

— Ce n'est pas un vaurien, c'est un brave homme!

Hélas! personne ne m'écoutait.

Parfois, on voyait passer M. Guillemette dans la rue, par les fenêtres de l'école. Mes camarades le montraient du doigt.

— Oh! Regardez qui marche dehors! C'est le guenillou avec son chien jaune à trois pattes!

— Ce n'est pas un guenillou! répliquais-je. C'est juste un homme qui cherche le bonheur.

— Il ne cherche pas le bonheur, mais des bouteilles vides!

À la maison aussi, j'entendais

toutes sortes de méchancetés.

— On raconte que c'est un bandit, chuchotait ma mère.

— Il a de petits yeux hypocrites, ajoutait ma grand-mère.

Une nuit, Charlotte s'est réveillée en pleurant.

— J'ai rêvé que le vagabond de l'église me poursuivait pour me dévorer! Je suis certaine que c'est un loup-garou!

Même mon père semblait avoir perdu la raison.

— Nicolas, je ne veux plus te voir avec ce mendiant.

Au salon de coiffure de mon grand-père, les clients aussi disaient n'importe quoi.

— Il paraît qu'il a mangé la patte de son chien.

— C'est une fripouille, un pickpocket, un cambrioleur.

— Le curé devra surveiller ses croix d'or!

Je n'en croyais pas mes oreilles. Toute la ville s'acharnait sur cet homme, et j'étais malheureux au milieu de ces mensonges.

6
Une fête en queue de poisson

Un soir de septembre, mon grand-père Norbert a été un roi. Le roi d'un soir. Tout Saint-Ange-des-Monts a fêté ses quarante ans de métier!

Parents et amis ont envahi le salon de coiffure décoré de banderoles et de guirlandes.

— Bravo, Norbert! lançaient les gens. Félicitations!

On lui a offert des cadeaux, des chocolats et des fleurs. Tout ému, mon grand-père a déclamé un beau discours.

— Je... je voudrais remercier ma femme, Irène, pour ces

années remplies de joie et de cheveux…

On a ri et on a applaudi. Notre grand-père, souriant, croulait sous les compliments.

Soudain, M. le maire a toussé très fort, l'air important: il voulait parler.

— Merci, cher Norbert, de nous raser avec talent depuis quarante ans. Au nom de toutes les têtes qui se sont assises dans ta boutique, je dis: chapeau!

La foule a éclaté en acclamations et nous avons pris des photos. Ensuite, on a mangé des sandwichs et des gâteaux, on a bu de la limonade. C'était une soirée du tonnerre!

— J'ai bien réfléchi, grand-papa. Finalement, j'aimerais devenir un barbier célèbre, moi aussi.

— Nicolas! Tu changes d'idée comme tu changes de chemise!

* * *

La fête terminée, nous sommes revenus du salon de coiffure. Mes grands-parents nous suivaient.

Peu après, devant la maison, nous nous sommes embrassés.

— Bonne nuit, grand-maman. Bonne nuit, grand-papa.

Chargés de cadeaux, ils ont grimpé l'escalier à petits pas.

— C'était une belle fête, a soupiré Charlotte. J'espère que grand-papa va couper des têtes encore longtemps.

— Il ne coupe pas les têtes: il coupe les cheveux!

On a bien ri de la méprise de Charlotte. Puis maman a poussé la porte et nous sommes rentrés.

Quelques minutes plus tard, alors que je mettais mon pyjama, des cris ont traversé le plafond.

— Au voleur! Au voleur!

C'était la voix de grand-mère Irène! Aussitôt, j'ai filé en coup de vent jusqu'en haut.

— Mon poisson d'or! On a volé mon poisson d'or!

Dans la chambre de mes grands-parents, la boîte à bijoux avait été renversée. Des bagues, des boucles d'oreilles et des colliers étaient éparpillés sur le tapis. À la fenêtre ouverte, les rideaux flottaient au vent.

Grand-papa étudiait le crime en se tripotant le menton.

— Ça, c'est une histoire pour la police.

Mes parents et ma soeur sont apparus, tout essoufflés, pour réconforter grand-maman qui sanglotait.

— Mon poisson d'or! Mon beau poisson d'or!

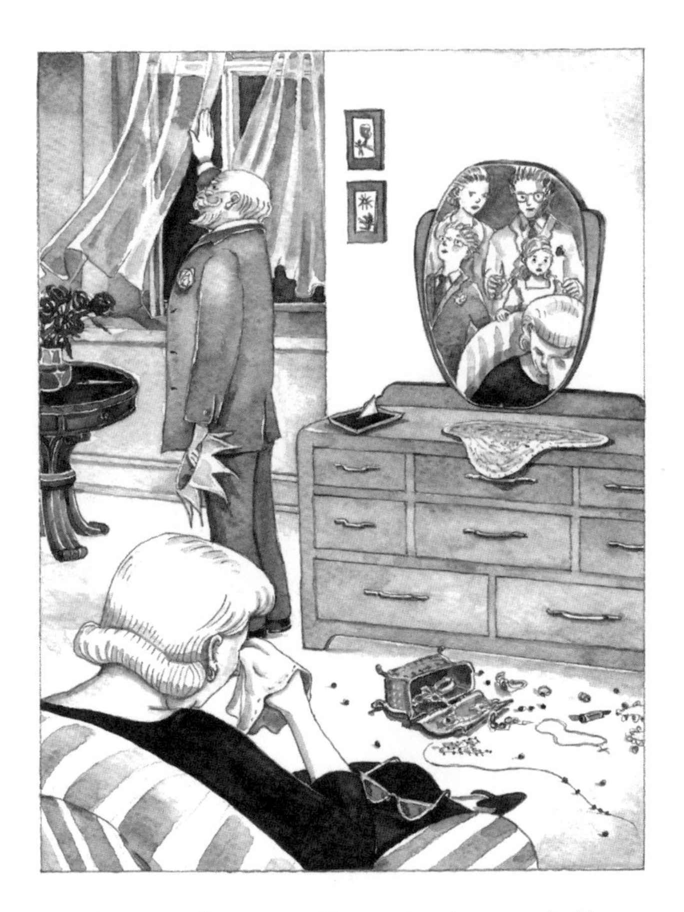

Le poisson d'or était un bijou précieux. Une broche que grand-mère Irène avait reçue de sa propre grand-mère. Un petit poisson tout en or avec des yeux de diamant.

— Un cas classique, remarqua le policier en arrivant. Un type qui vous espionnait a profité de votre absence pour vous cambrioler.

À ces mots, la peine de grand-maman s'est changée en colère.

— Je sais qui a volé mon bijou! C'est le vagabond! Le mendiant qui vit à l'église avec son chien jaune!

J'ai eu le coeur brisé d'entendre ma grand-mère blâmer M. Guillemette.

— Grand-maman, tu n'as pas le droit d'accuser quelqu'un sans preuves.

— Tais-toi, petit orgueilleux! Tu veux toujours avoir raison!

— Je suis d'accord avec votre petit-fils, remarqua le policier. Il faut enquêter.

— Comment ferez-vous? demanda grand-maman. Nos policiers ont les deux pieds dans la même bottine!

Elle a un caractère impossible, ma grand-mère Irène. Le pauvre policier, lui, avait la casquette bien basse.

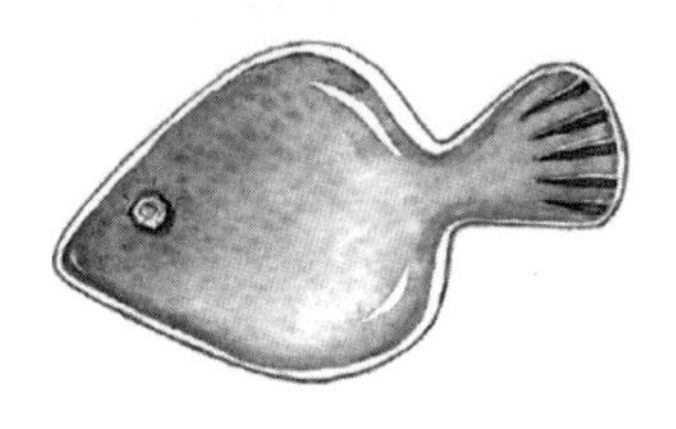

7
La vérité dans un chapeau

— Le voleur, c'est le vagabond! Il a profité de la fête de Norbert pour venir s'emparer de mon poisson d'or!

Ma grand-mère s'entêtait. Elle voyait le pauvre M. Guillemette jusque dans sa soupe.

— Grand-maman, je te l'ai dit cent fois. Il faut des preuves…

— J'en ai, des preuves. Mon horoscope révèle que cet homme est un bandit et j'ai rêvé qu'il était coupable. Donc, c'est lui.

Sûre d'elle, grand-maman téléphonait au chef de police.

— Qu'attendez-vous pour l'arrêter? C'est un criminel!

Moi, je souffrais de cette grande injustice et je pensais: «La vérité existe et je vais la découvrir.»

Sur ce, j'ai décidé de jouer au détective.

Première visite: M. le curé, qui cueillait des cerises.

— Ah! bonjour, Nicolas! Quel bon vent t'amène?

— Ce n'est pas le vent, c'est M. Guillemette.

— Ah! pauvre lui! Tu sais qu'on l'accuse d'avoir volé le bijou de ta grand-mère. Il a si peur qu'il se cache.

— Qu'a-t-il fait le soir où nous avons fêté grand-papa?

— Il a vagabondé dans les rues. À son retour, j'ai remarqué une bosse dans sa poche. Il m'a dit que c'était de l'or…

— Oui, c'est une roche de faux or. L'or des fous. Ce n'était certainement pas le bijou de ma grand-mère!

— Je n'en sais rien, mais j'ai peur que M. Guillemette ait commis une bêtise. Si on l'attrape, il ira en prison.

— Non! Il est innocent!

Ce soir-là, chez moi, j'ai appris une autre mauvaise nouvelle. Charbon ne voulait plus sortir de la garde-robe.

— Mon chat est traumatisé, disait grand-maman. Il a été terrorisé par le chien à trois pattes du voleur de bijoux.

Pour en avoir le coeur net, j'ai essayé d'attirer Charbon avec une assiettée de lait.

— Il ne sortira pas de sa cachette, a affirmé ma grand-mère. Il ne veut plus boire ni manger.

Voyant cela, je me suis glissé dans la garde-robe. Sous une

montagne de vêtements, j'ai découvert Charbon.

— Salut, minou. Que fais-tu là, couché dans un chapeau?

Le pauvre Charbon avait la langue pendante et toute séchée. Il était mou et faible, avec les yeux fiévreux et le ventre enflé.

— Il n'est pas effrayé, ton chat, grand-maman. Il est malade.

Quand j'ai soulevé Charbon, j'ai tout compris en un éclair.

— Allons chez le vétérinaire! Vous n'en croirez pas vos yeux!

Une heure plus tard, le vétérinaire nous montrait la radiographie de Charbon. Au milieu du squelette du chat, quelque part dans l'estomac, on voyait… un petit poisson!

Épilogue

Ainsi, c'est le chat qui avait renversé la boîte à bijoux. Ensuite, il avait avalé le poisson d'or. J'avais découvert la vérité et M. Guillemette n'irait pas en prison.

Le samedi suivant, mes grands-parents ont organisé une fête dans le jardin. Des dizaines d'invités sont venus. Le maire, le curé, le vétérinaire, le chef de police. Ma tante Lili et mon oncle Dédé, mes amis, la maîtresse d'école, le docteur Beaulieu.

Mais l'invité d'honneur, c'était M. Guillemette.

Ma grand-mère Irène portait sa belle broche d'or à sa robe. Mon grand-père Norbert, lui, avait chaussé ses souliers vernis.

Assis dans l'herbe, Pastille léchait Charbon qu'on avait opéré. Le chat avait, sur le ventre, un pansement en forme de X.

Soudain, ma grand-mère a fait taire tout le monde.

— Cher monsieur Guillemette, je tiens à vous présenter mes excuses devant toute la ville. Sans aucune preuve, je vous ai accusé de vol. Je le regrette et je vous demande pardon.

Le pauvre M. Guillemette fondait de timidité.

— Je voudrais aussi féliciter Nicolas, mon petit-fils, pour son

entêtement. Il avait raison, le sacripant!

On nous a applaudis et embrassés, M. Guillemette et moi. Nous étions tout rouges! Mes parents étaient fiers, Charlotte aussi. Jamais je n'oublierai ce samedi de septembre.

Ce jour-là, M. Guillemette est redevenu un homme.

Table des matières

Achevé d'imprimer
sur les presses de Litho Acme inc.